Las aves

Lada Josefa Kratky

NATIONAL GEOGRAPHIC LEARNING | CENGAGE Learning®

Hay muchos tipos de aves.
Vemos alas en todas las aves,
y hay muchas aves que vuelan.

Hay otras aves que nadan.
Otras aves ni vuelan ni nadan.
Solo corren.

¿Has visto un emú alguna vez? El emú es un ave. Ni vuela ni nada.

El emú usa sus patas. Con ellas corre de un lado a otro. Si lo atacan, el emú patea.

¿Has visto un pavo salvaje alguna vez? El pavo salvaje es un ave. Sabe usar sus alas y sus patas.

El pavo salvaje usa sus patas y corre bien. Usa sus alas y vuela bien. No vuela tan alto como otras aves.

El pingüino es un ave. No se parece mucho a otras aves. Sus alas parecen aletas. El pingüino no vuela. Anda, salta, ¡y nada bien en el agua!